Le m
dinosaures

Une histoire de Blandine Aubin,
illustrée par Dankerleroux

Chapitre 1

Comme la vie est paisible chez les dinosaures **herbivores**! Ce matin, Albon l'iguanodon se promène tranquillement dans la forêt. Soudain, au sommet d'un cocotier, il aperçoit une magnifique noix de coco! – Mmm, murmure-t-il. Mon dessert préféré!

Délicatement, Albon détache le fruit du bout des dents. Mais **fouit !** la noix de coco lui échappe. Elle dégringole sur le sol et roule vers la clairière, jusqu'aux pieds de Pat le tricératops...

– Ça alors ! lance Pat.
Regardez ce que j'ai trouvé !
Ses amis Willy et Franky
se penchent en avant :
    – Une crotte de nez de Nono
le tyranno ?
    – Pas du tout, répond Pat.
C'est une noix de coco !
On va la manger !

À ces mots, Albon
l'iguanodon surgit entre
les fougères :

– Désolé, mais cette noix est à moi,
Pat !

Mécontent, Pat s'avance vers lui :

– Ah oui, et pourquoi, monsieur
Tête-de-Patate ?

Vexé, Albon se fâche :

– Parce que c'est moi qui l'ai cueillie,
gros bébé à quatre pattes !

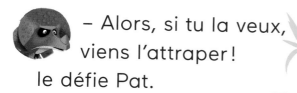

– Alors, si tu la veux,
viens l'attraper !
le défie Pat.

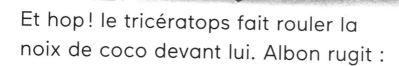

Et hop ! le tricératops fait rouler la
noix de coco devant lui. Albon rugit :

– D'accord... Comme ça,
on va voir qui est le plus fort !

Chapitre 2

Non loin de là, Nono, le plus
cruel des tyrannosaures, essaie
de compter ses dents dans
le reflet d'un étang :
– Cinquante-neuf,
cinquante-dix,
cinquante et onze...

Soudain, des cris le font
sursauter.
— Nom d'un dentifrice à la saucisse,
salive Nono. On dirait qu'il y a
des herbivores par ici ! Allons voir
ça de plus près.

Pendant ce temps, dans la forêt, le match a commencé. Les habitants se sont réunis autour des joueurs. Sous leurs yeux amusés, Franky et Willy se mêlent à la partie.

Franky **slalome** avec la noix de coco. Mais **bang !** sans faire exprès, il assomme Willy avec sa queue en forme de massue !

Vite, Albon en profite.
Il chipe la noix de coco
et **pique un sprint**.

Mais ce tricheur de Pat
lui fait un croche-patte.
Patatras ! Albon
s'étale comme
une crêpe.

Pat s'éloigne et le **nargue**
en jonglant avec la noix :
– Tralala, c'est moi
qui l'ai, et pas toi !

Tout à coup, un étrange silence s'installe dans la forêt. Franky et Willy courent se cacher.

Inquiet, Albon appelle Pat :
– Pat, reviens ! Il y a un souci !

– C'est ça !
se moque Pat.
Laisse-moi
deviner,
je parie que
Nono le tyranno vient d'arriver !

Dans son dos, une **silhouette**
haute de douze mètres dit
d'un air attendri :
– Gagné, mon petit
Pat à la sauce
tomate !

Chapitre 3

Tremblant de toutes ses cornes,
Pat le tricératops
s'évanouit à moitié.
Il bredouille :
– Nono...
le tyrannono...

Dans une odeur de vieux fromage moisi, le cruel tyrannosaure lui sourit :
— Dis-moi, Pat, avant que je te croque, peux-tu m'aider à compter mes dents ?
— Heu... Les grosses du fond aussi ?
bafouille Pat.

Rapide comme l'éclair,
Albon réagit :
– Ça suffit, la plaisanterie !
Fais-moi une passe, Pat !

Surpris,
Nono fronce
les sourcils.

Aussitôt,
Pat tire dans
la noix de coco.

Celle-ci
tourbillonne
dans les airs.

D'un coup de tête,
paf ! Albon la
renvoie sur le museau
de Nono. **Kling, klang !**
les dents du gros gourmand
se brisent en mille morceaux !

Pat bondit
vers son ami :
– Buuuuutttt ! Bravo Albon !
Tu es un vrai champion !

Cette histoire t'a plu ?
Je te propose de jouer
maintenant avec les
personnages.

Tu es prêt ?

C'est parti !

Si tu en as besoin,
tu trouveras les solutions
page 32.

Retrouve dans ce tableau tout ce que tu as compris de l'histoire que tu viens de lire.

Quels personnages ?	Albon	Michel	Pat
À quel moment ?	De nos jours	À la préhistoire	Dans le futur
À quel endroit ?	Au zoo	Dans le parc	Dans la forêt
Quel genre ?	Un roman réaliste	Un roman d'aventures	De la poésie

As-tu bien lu l'histoire ?

Complète ce texte
en t'aidant des dessins.

Ce matin, l'iguanodon trouve

une . Mais le fruit lui échappe et

va rouler jusqu'aux pieds de

le tricératops. Les deux

décident de faire un match.

Mais , le terrible tyrannosaure,

les entend et s'approche...

Observe cette image :
deux dinosaures sont identiques.

Les vois-tu ?

Associe chaque dinosaure au nom de son espèce.

ALBON

PAT

NONO

1 **Iguanodon**

2 **Tyrannosaure**

3 **Tricératops**

Réponds par *Vrai* ou par *Faux*
à ces affirmations.

1. Albon, Pat et Nono sont
   des crocodiles.

2. Albon cueille une noisette.

3. Nono veut manger Pat.

4. Pat est herbivore.

5. À la fin, les dinosaures dansent
   la farandole.

Remets l'image dans l'ordre et tu découvriras qui a gagné le match final !

N   L   O   A   B

Qui dit quoi ?

Albon

Pat

Nono

1 Peux-tu m'aider à compter mes dents ?

2 Ça alors ! Regardez ce que j'ai trouvé !

3 Désolé, mais cette noix est à moi, Pat !

Solutions des **jeux**

Page 25 : Quels personnages ? Albon, Pat. À quel moment ?
À la préhistoire. À quel endroit ? Dans la forêt. Quel genre ?
Un roman d'aventures.

Page 26 : Ce matin, **Albon** l'iguanodon trouve une **noix de coco**.
Mais le fruit lui échappe et va rouler jusqu'aux pieds de **Pat**
le tricératops. Les deux **dinosaures** décident de faire un match.
Mais **Nono**, le terrible tyrannosaure, les entend et s'approche…

Page 27 : Le petit dinosaure vert qui mange une noix de coco,
et le petit dinosaure vert en bas à droite de l'image.

Page 28 : Albon : 1 ; Pat : 3 ; Nono : 2.

Page 29 : 1. Faux ; 2. Faux ; 3. Vrai ; 4. Vrai ; 5. Vrai.

Page 30 : Albon.

Page 31 : Albon : 3 ; Pat : 2 ; Nono : 1.

La mascotte « Milan Benjamin » a été créée par Vincent Caut.
Les jeux sont réalisés par l'éditeur, avec les illustrations de Dankerleroux.

Suivi éditorial : Sophie Nanteuil. Mise en pages : Graphicat.
© 2013 Éditions Milan, pour la première édition
© 2018 Éditions Milan, pour la présente édition
1, rond-point du Général-Eisenhower, 31101 Toulouse Cedex 9, France
editionsmilan.com
Loi 49.956 du 16.07.1949 sur les publications destinées à la jeunesse.
Dépôt légal : 2e trimestre 2018
ISBN : 978-2-7459-6268-3
Achevé d'imprimer en Espagne par Egedsa
Ce titre est une reprise du magazine *J'apprends à lire* n° 130.